**Ixtzel Arreola** wuchs im südmexikanischen Dschungel an der Grenze zu Guatemala auf. Sie arbeitet als traditionelle Hebamme. In ihrer Freizeit schreibt sie Kinderbuchtexte und kümmert sich um ihre Pflanzen und Tiere. »Kleine Wolke Re« ist ihr erstes Bilderbuch.

**Martina Liebig** kommt aus Moers am Niederrhein. In Hamburg hat sie an der Hochschule für Angewandte Wissenschaften studiert und 2017 mit einem Master in Illustration abgeschlossen. »Kleine Wolke Re« ist ihr erstes Bilderbuch bei NordSüd. Martina Liebig lebt in Hamburg.

Für Romi. Es ist wundervoll, Deine Mutter zu sein. Danke, dass
es Dich gibt und dass Du auf so wunderbare Art Du selbst bist.
Vergiss nie: Magie ist die Wahrheit (wir nennen sie Natur) und
ich liebe Dich unendlich.
I. A.

Für meine Eltern.
M. L.

# KLEINE WOLKE RE

IXTZEL ARREOLA

MARTINA LIEBIG

Aus dem Englischen von Tino Hanekamp

Nord
Süd

Es war einmal eine Wolke namens Re.
Ganz klein und weich und fein
schwebte sie dahin – tagaus, tagein.

Re träumte davon, groß zu sein,
wie die Wolken, die sie sah,
da am Himmel überm Meer,
so weit weg und doch so nah.

Oder wie die Wolken in den Bergen
so mächtig, riesig und schwer
und wolkenwunderbar prächtig.

Doch Re war nur ein Pinselstrich,
der durch die Lüfte glitt,

und manchmal war der Wind so stark,
er nahm sie einfach mit.

Dann, eines Morgens,
schwebte eine große Wolke vorbei.
Re winkte ihr zu,
und im Licht der aufgehenden Sonne
winkte die Wolke zurück,
und Re strahlte vor Wonne.

»Hallo«, sagte Re, »kannst du mir helfen?
Ich will so groß werden und schwer
wie die Wolken über dem Meer.«

»Das ist leicht«, sagte lächelnd die Wolke,
denn sie wusste es genau.

»Flieg einfach über die Seen und Flüsse,
und vergiss nicht den Morgentau ...«

Re dachte nach, nickte und sagte: »Danke, wie schlau!«
»Die Seen und die Flüsse und vergiss nicht den Morgentau.«

Und dann, einfach so, sauste sie los,
schnell wie ein Blitz, flink wie ein Floh.

Sie schwebte über jedes Gewässer, das sie fand –
große Seen, schlammige Tümpel, Pfützen am Strand.

Re flog so schnell, fast sah sie nicht
die tauschweren Blumen im Morgenlicht.

Langsam, fröhlich und weiß wie frischer Schnee
glitt Re – jetzt schon viel größer – über einen See.

»Hallo«, sagten die Frösche und Krabben heiter.
»Hey, ihr«, grüßte Re und zog langsam weiter.

Sie flog über Tümpel, Flüsse und nass glänzende Steine,
als sie eine rosa Blume sah, die wirkte ganz alleine.

Re schwebte näher,
denn die Blume schien nett –
sie nieste gerade eine Biene weg.

»Hey, Blume.«

»Hey, Wolke, wie geht's?«

»Ich bin groß«, sagte Re.
»Und was ist mit dir?«

»Ich bin voller Tau«, sagte Blume,
»und das gefällt mir nicht,
denn all diese Tropfen
versperren mir die Sicht.«

Re sog den Tau von Blumes Blättern in sich ein.
Staunend sahen sie Nebel aufsteigen, dunstig und fein.

»Danke!«, sagte Blume,
»ich sehe wieder klar.
Jetzt kann mein Tag beginnen,
wie wunderbar!«

Bald schon waren Re und Blume die besten Freundinnen.

Sie verbrachten glückliche Stunden mit Singen und Rumspinnen.

Eines Tages war Re erschöpfter als sonst
und ächzte leise,
müde und schwer vom vielen Dunst ihrer
täglichen Reise.

Re war nun größer als die Wolken überm Meer,
aber ihre Größe machte sie träge,
fast konnte sie nicht mehr.

Sie fühlte sich aufgedunsen und L A A A N G S A M .

ZZZZ-KRAAACK! KRRICK-KA-BUUUM!! BÄNG!!!

UND TAUSENDE REGENTROPFEN

FIELEN AUS IHR HERAUS.

Erst war sie ein sanfter Regen …

Dann war sie ein einziger Regentropfen,
sanft … und warm.

Der letzte Tropfen fiel auf Blumes hellrosa Blütenblätter.
Sie war herrlich erfrischt nach diesem Regenwetter.

»Hey, Blume.«

»Hey, Wolke, wie geht es dir?

Eben noch warst du Blitz und Donner –
doch jetzt bist du wieder hier bei mir!«

Und unter der schönsten Sternenpracht
wünschten die Freundinnen einander gute Nacht.

© 2024 NordSüd Verlag AG, Franklinstrasse 23, CH-8050 Zürich.
Alle Rechte, auch die der Bearbeitung oder auszugsweisen Vervielfältigung,
gleich durch welche Medien, vorbehalten.

Lektorat: Elena Rittinghausen
Gestaltung: Véronique Cuennet
Übersetzung: Tino Hanekamp
Lithografie: Frische Grafik, Hamburg
Druck und Bindung: Livonia Print, Riga, Lettland
ISBN: 978-3-314-10671-2
1. Auflage 2024

www.nord-sued.com

Bei Fragen, Wünschen oder Anregungen
schreiben Sie bitte an: info@nord-sued.com

Dieses Buch wurde auf zertifiziertes FSC-
Papier aus verantwortungsvollen Quellen
gedruckt.